兒童文學叢書
・小詩人系列・

妖怪的本事

白　靈／著
吳應堅／繪

三民書局

詩心・童心

——出版的話

可曾想過，平日孩子最常說的話是什麼?

「媽！我今天中午要吃麥當勞哦！」「可不可以幫我買電視上廣告的那種電動玩具！」「我好想要百貨公司裡的那個洋娃娃！」

乍聽之下，好像孩子天生就是來討債的。然而，仔細想想，這些話的背後，絕不只是貪吃、好玩而已；其實每一個要求，都蘊藏著孩子心中追求的夢想——嚮往像童話故事中的公主般美麗、令人喜愛；嚮往像金剛戰神般的勇猛、無敵。

為了滿足孩子的願望，身為父母的只好竭盡所能的購買，但孩子們總是喜新厭舊，剛買的玩具，馬上又堆在架子上蒙塵了。為什麼呢?因為物質的給予終究有限，只有激發孩子源源不絕的創造力，才能使他們受用無窮。「給他一條魚，不如給他一根釣桿」，愛他，不是給他什麼，而是教他如何自己尋求！

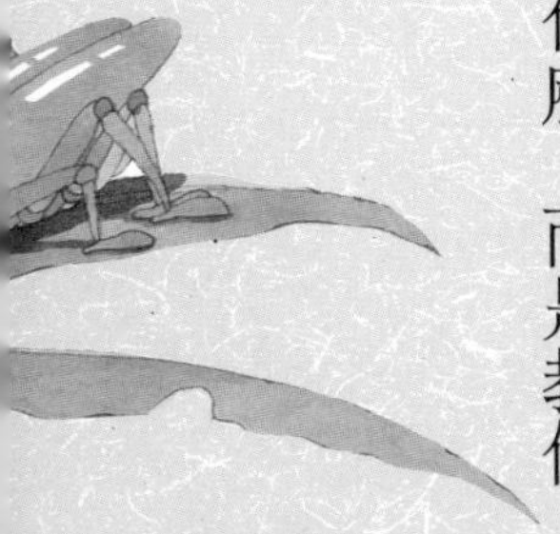

事實上，在每個小腦袋裡，都潛藏著無垠的想像力與無窮的爆發力。大人常會被孩子們千奇百怪的問題問得啞口無言；也常會因孩子們出奇不意的想法而啞然失笑；但這種不規則的邏輯卻是他們認識這個世界的最好方式。而詩歌中活潑的語言、奔放的想像空間，應是最能貼近他們跳躍的思考頻率了！

於是，我們出版了這套童詩，邀請國內外名詩人、畫家將孩子們天馬行空的想像，熔鑄成篇篇詩句；將孩子們的瑰麗夢想，彩繪成繽紛圖畫。詩中，沒有深奧的道理，只有再平常不過的周遭事物；沒有諄諄的說教，只有充滿驚喜的體驗。因為我們相信，能體會生活，方能創造生活，而詩的語言，也該是生活的語言。

每個孩子都是天生的詩人，每顆詩心也都孕育著無數的童心。就讓這些詩句在孩子的心中埋下想像的種子，伴隨著他們的夢想一同成長吧！

隱微之美

白靈

很多人都想知道什麼是詩，偏偏詩這玩意兒，不太容易說清楚，它多少帶些神祕性。它既不說教，也不教人學問，也很難說有什麼娛樂性，若說有些什麼，只能說讀了它，能感覺些美吧！這些美不像豔麗的夕陽，或具體可見的帥哥美女，可以到處跟人宣揚。它的美有些隱微，常常隱藏在人們不注意的地方、不在意的地方，或不留意的地方。

詩的美既不是圖畫，但它可以表現畫面；也不是音樂，但可以隱含節奏；更不是說話，但可以呈現語言之美。它的最主要工具是文字，它是玩弄文字的魔術師，它愛把文字拿到腦袋瓜裡捏呀、揉啊、捶啦、打喔、扁唷，然後再吐到稿紙上，印到紙張上。讀者讀的時候，常常要透過這些排列得奇奇怪怪，寫得既跟一般說話不同、跟教科書也不同的文字，放進腦袋裡想呀想的，想像作者要表達的「隱微之美」到底是些什麼？而這就是詩。看，詩多麼不容易說清楚啊！

比如這本童詩集的第一首：〈池塘〉。誰沒看過錦鯉在池塘裡游？誰又沒看過池裡映出了周圍的景色？但你有沒有注意，錦鯉靜靜游過風景的倒影時的模樣？牠們游過打拳人的倒影，游過讀報人的倒影，游過狀如開花的白雲的倒影，那是什麼樣的美呢？這首詩寫的就是這生動的畫面，那不易為人注意的「隱微之美」。

再比如這本詩集的第二首：〈玩〉。這首詩總共用了二十二次的「玩」

字，真的是把「玩」字好好「玩」了一番。你看第一段：「雨聲在玩屋頂／吹風機在玩姊姊的長髮／洗衣機在玩衣服／鍋碗盆瓢在玩媽媽／風鈴在玩風／電動玩具在玩我／陽臺上花朵在玩蜜蜂」，開玩笑，這些現象怎麼可能呢？如果倒過來說：「屋頂在玩雨聲／姊姊的長髮在玩吹風機／衣服在玩洗衣機……」還是不太像話吧？其實題目既然是「玩」，什麼事就都可輕鬆對待，都宜當成有趣的事來看。而除了此詩所寫的外，你還可自編，比如：「時間在玩手錶」「鉛筆在玩刀片」「火在玩開水壺」「落葉在玩風」……，不是很有趣嗎？世上許多平常物，不也多了新視野、新角度？你不妨也試試。

最後再舉第三首詩〈玩布袋戲偶的師傅〉來看。誰沒看過布袋戲呢，但這首詩要你注意的反而不是戲偶本身，而是一般人很少留意的，那操縱布偶們的師傅。他們才是了不起的，此詩就留意到師傅的「喉嚨」和「掌上本領」，比如第二段只寫布偶從他的左手飛到右手的那一瞬間，就用分解動作慢慢予以描述，很像電影的慢動作，讓你看得清清楚楚。實際情形一秒鐘，詩卻用了七行，讀起來要七八秒鐘，「隱微之美」才表現得出來。

詩就是這麼一個奇怪的東西，別人不注意的畫面，你窺見了，就有美隱含其中；別人以為不好玩的，你覺得它好玩，就有美存在其內；別人不留意，一秒鐘就看完的動作，你看了七八秒才看完，就有美潛藏其中。

當有種美，若有似無，看得到、又看不太到，是隱約的、隱微的，那就是詩。

目次

妖怪的本事

池塘

大清早，公園裡的池塘
是沒有皺紋的鏡子
鏡子的一角
映著打拳的太太
鏡子的另一角
映著讀報的老人
鏡子的中間
映著開白花的雲朵
幾條姿態優雅的錦鯉
游在不生皺紋的鏡子裡

從打拳的身上
游過去
從讀報的紙張上
游過去
從雲朵的花瓣上
游過去

詩一開始寫沒有皺紋的池塘，映出了周圍的景色；第二段才是作者真正要表達的——池塘裡的錦鯉穿梭其中，而原來的圖畫並未被破壞，於是靜謐中有了動態之美。

玩

早上醒來
雨聲在玩屋頂
吹風機在玩姊姊的長髮
洗衣機在玩衣服
鍋碗盆瓢在玩媽媽
風鈴在玩風
電動玩具在玩我
陽臺上花朵在玩蜜蜂

下午去海邊
車子在玩馬路
太陽在玩我的影子
雲朵在玩太陽
海在玩沙灘
魚餌在玩魚
波浪在玩汽艇
天空在玩直昇機

晚上回家去
知了在玩夏天
紅綠燈在玩塞車
鞭炮在玩我的耳朵
鑰匙在玩大門
連續劇在玩電視
電視在玩我的瞌睡蟲

上床了
連蚊子也愛玩
把我的雙掌拍拍、拍地
玩紅了

這首詩強調「玩」字，
把平常景象都當做
好玩的事，
比如「風鈴在玩風」、
「海在玩沙灘」。
小朋友也可試著
用「玩」字寫一首小詩。

玩布袋戲偶的師傅

玩布袋戲偶的師傅
有神奇的喉嚨
戲偶不同
開口說話就不同
怪老頭的咕嚕聲
大俠的吆喝聲
書生的吟詩聲
瞧，有個姑娘扭腰走出
聲音嬌滴滴、軟綿綿
觀眾的雞皮疙瘩
差點掉了一地

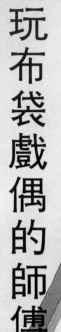

玩布袋戲偶的師傅
也有神奇的手指頭
每個戲偶都會飛會走
輕功更是一流
看，說時遲那時快
一個布偶
已從他的右手中飛出
半空中翻了兩轉
又準確地
套入他左手的指頭上
竟然毫髮無傷

此詩第一段寫師傅嗓子很了不起，
可裝扮老少男女；
第二段寫師傅手上的技藝非常了不得，
戲偶與師傅幾乎是一體，
要起布偶簡直出神入化；
末幾句最好玩。

喜歡

小咪咪喜歡隔壁小奇奇
怕人家說女生愛男生
就常躲在窗裡
眺望隔鄰的庭院
整天如一株向日葵
吃飯都朝著窗
小咪咪的姊姊站到她背後
大聲說：
「愛看就出去看，
幹嘛躲躲藏藏？」

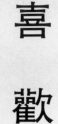

小咪咪家與小奇奇家
一起去吃麥當勞
兩人隔桌坐
小咪咪盯著小奇奇
眼球晶亮得像彈珠
看得差點凸出來
小咪咪的姊姊附著她耳朵
小聲說：
「看那麼久幹什麼，
又不能把他粘在眼睛上！」

這首詩寫女生愛男生，
第一段寫姊姊勸小咪咪要大方些，
第二段寫姊姊勸小咪咪要「適可而止」。
最後兩句若用臺語唸就更好玩，
「粘在」要讀成「著(ㄓㄨㄛˊ)在」。

妖怪的本事

聽了妖怪的故事
那晚，小明就不准爸爸
　把窗子關上
爸爸用好奇望望他：
「妖怪你不怕？」
「就因為怕，
　所以不能關！」

果然那晚一陣風
把妖怪送了來
專門找關上的窗子鑽
看到小明的窗子開開

妖怪說：

「有誰膽敢開窗？

嗯！這屋子肯定沒人！」

妖怪自負本事大

連瞧上一眼都不想

一溜煙走了

這首詩寫小明害怕妖怪，
但他的「害怕」與眾不同，
他是怕「妖怪」才不要關窗，
因為窗子關上就表示屋裡有人。
妖怪果然被騙，
可見得小明還比妖怪聰明些。

空中飛人

——馬戲團之一

沒有一隻飛鳥
能像他
在高高的空中
翻了兩個筋斗
還從翅膀裡
伸出兩隻手
想去抓住
前面一隻飛鳥
伸過來的腳
「啊——」
全場驚叫了起來

差一點點
就沒抓到
觀眾們的眼睛和一顆
心
差點就當了空中飛人

此詩寫藝高膽大的空中飛人
在空中表演的過程，
第一段用的是分解動作，
第二段寫觀眾的聚精會神和擔心，
原來觀眾的眼睛和一顆心
也在空中「飛來飛去」呢！

小丑

——馬戲團之二

高高的尖帽
紅紅的圓鼻
彎彎的大嘴
小丑什麼都做不好
樓梯他爬不上
皮球他踢不著
椅子他跨不過
連一匹小馬
他都坐不到
抓著馬尾巴滿場跑

但他的本領可不小
他用他聰明的笨
把我們的笑
到處抖
一直抖
愛笑的妹妹
都被抖出了眼淚

小丑是馬戲團的靈魂人物，
也是「逗」觀眾笑的能手，
而他們用的方式常是
顯出很「笨」的樣子，
其實這種「笨」是「設計」過的。
末段說妹妹都笑出眼淚，
表示好笑至極。

黑貓

半夜十二點
低低牆沿，牠站著
透明的兩顆眼珠
發出琥珀色的光芒
牠才一動就
跳
跳
跳
跳上了四樓的屋頂
再一躍
就飛過了
窄巷的天空

踩過屋瓦
輕得不發半點兒聲響
矮小的黑衣忍者
輕功一流
連月亮也睜大了眼睛
看，牠才一轉身
就不知
飛入誰家的窗裡去了

純黑色的貓多半是野貓。此詩寫的是貓眼睛的光芒和牠的跳躍本領，說牠們像是「矮小的黑衣忍者」。忍者，是日本古代有高強隱形功夫的武士，暗示黑貓的來去無蹤。

作品

「作品」躺在搖籃裡
親戚們全都圍著他

「鼻子是玉山」
「爸爸的」
「眼睛是月亮」
「媽媽的」
「嘴唇是櫻桃」
「外婆的」
「臉型是瓜子」
「奶奶的」

「就是頭髮有點少」
「爺爺的！」
「長得馬馬虎虎啦」
爸爸說
「誰說的，
這『作品』做得太美了！」
媽媽忍不住，驚嘆地說

「作品」躺在那兒
因為沒人理他的耳朵
哇哇哇地哭了

此詩用「作品」來代表小寶寶。
第二段表示「作品」有兩個家族的遺傳。
第三段寫媽媽的自鳴得意。
末段則寫「作品」不高興大家
忘了稱讚他的耳朵，
其實是說太吵了。

竹子格格格

一隻小狗跑上山
主人大踏步
也跑上山
（高高的幾根桂竹
彎彎它的脊椎
格　格　格）

一對老夫婦
散步下山去
向階梯上坐著的我
笑一笑
（伸上天去的竹子
彎一彎脊椎
格　格　格）

早覺會的大人們
七嘴八舌走下來
有人問：「小弟弟
為什麼坐這兒？」
我指指竹子
他們抬頭看一眼，就走了
星期天，整個早上
沒有人注意聽
竹子們向微風
不斷地說：
格　格　格
格　格　格

高大的桂竹幾乎有十幾公尺高，風來時會使竹身擺動。詩中的「我」這麼喜歡「竹聲」，其實有點誇張，只是強調有些「美」不太為人注意罷了。

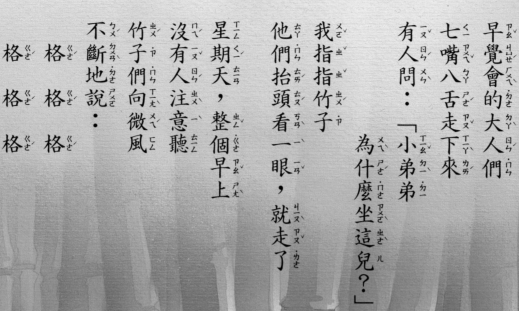

所有的地板
也都喜歡跳小精靈的雙腳
跳到她的雙腳
地板可以連翻四五個筋斗
每寸木板都有一種
被使出力量的快感

小精靈不是怪物的名字
她什麼都會，愛唱愛跳
她是我們的「班寶」

此詩寫班上有一位「班寶」，是內外全美的女孩。鋼琴自然不能彈她的手指頭，地板也不會跳她的雙腳，不過是化被動為主動，以顯示小女主角的受歡迎程度而已。

布袋戲偶

出場前
布袋戲偶不會走
身子彎腰
擱在竹竿上
雲州大俠旁擱著鬼見愁
好人壞蛋頭碰頭

故事不熟不擔憂
只等老師傅
手一指，口一吼
便有布袋戲偶
跳上舞臺
喊聲：「ㄧˋㄡ」

它掀開門簾
甩甩衣袖
雄赳赳
清清喉，說：
「我乃將門之後，
大俠某某某是也——」

野臺戲上的布袋戲偶在上場前
都會被擱放在竹竿上，
因此好人壞人常擺一處，
等輪到他上場時，
自然他也不必開口，
由師傅安排即可。
末段所寫主要表示布偶的
栩栩如生。

陪爺爺到青草店抓藥

「爺爺，這麼多青草！哪裡來的？」

「山裡來的。」

「山裡的青草割不割得完？」

「你瞧爺爺的鬍子割得完嗎？」

「爺爺的鬍子會變白
山的鬍子怎麼不變白？」

「爺爺會老，
山不會老！」

「為什麼山不會老？」

「因……因為有青草……」

「喔，爺爺好聰明！
山的鬍子是老天爺種上去的，
爺爺的鬍子是自己長出來的！」

「……」

此詩寫祖孫對話。
青草被小孩形容為山的鬍子，
但卻是「種」上去的，
因此不會老、不變白，
爺爺的鬍子是自己長出來，
所以會變白，
小孩的問題後來還是
小孩自己回答了。

烤肉

庭院裡
小小爐灶上
燒著紅咚咚的炭火
紅咚咚的炭火上
擱著銀亮亮的烤肉架
銀亮亮的烤肉架上
趴著會噴香的肉片
會噴香的肉片上
來回喊燙的是筷子
怕燙到腳的筷子上
圍著七八雙眼珠
一雙雙凸得像獅子一樣

他們全神盯著獵物
都說：「哇塞！」

此詩從烤肉的「開始」
寫到烤肉的「後來」，
也從烤肉架的「下面」寫到「上面」。
見到肉烤好了，
沒有人不會不流口水的，
「烤肉」後來就成了大家的「獵物」了。

一盞燈

該熄燈上床了
啊，每天最溫馨的時刻
媽媽會靠在床上
陪我說話
媽媽是疲倦的聽眾
我是最調皮的主講人

我用ET的語調說話
媽媽的眉毛會輕快地舞蹈
我用蠟筆小新的方式發言
媽媽要我放她去睡覺
我小心哄著媽媽
媽媽就成了會唱歌的洋娃娃

關燈後，洋娃娃要我看看
掛在窗上的月亮
洋娃娃說：
「它像不像天上的一盞燈？」
我說：
「它像洋娃娃的大眼睛！」

此詩中的「我」睡意全無，
讓媽媽非常頭痛。
「洋娃娃」是媽媽，成了大玩具，
媽媽說月亮像燈，
小孩說像媽媽的眼睛，
詩中的「我」可見得有多調皮。

每棵樹都有它的夢想

我是小小的樹
你是小小的小孩
你走來扯扯我的手
擰擰我的臉
我是一棵你還不能爬的樹
我一寸寸長大，仰頭看
你正為我除草、澆水
你已變魔術般地長高了

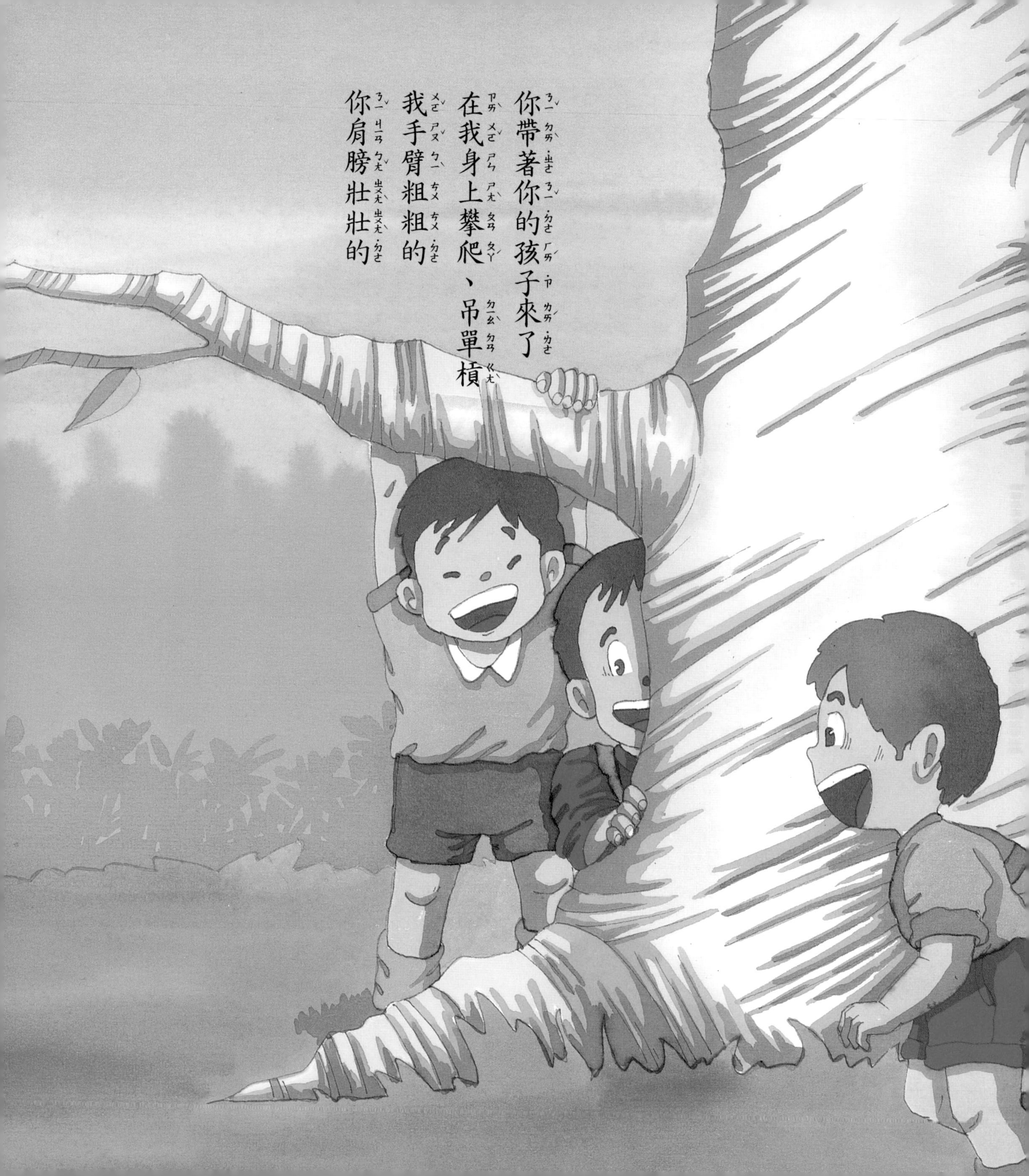

你帶著你的孩子來了
在我身上攀爬、吊單槓
我手臂粗粗的
你肩膀壯壯的

我繼續向天空發展
你帶著你的孫子們來了
坐我腿上，講故事，乘涼
我俯身看你們，為你們搧風

我老老了
你也老老了
你完成了我的夢想
我完成了你的夢想

樹長大比人慢，
此詩寫的就是樹想變巨大的夢想。
而人的夢想是
希望有一棵樹能看著它長大，
將來可以到它樹下乘涼。
兩種夢想在詩的末兩段終於做了結合。

午夜噩夢

我考試考得滿頭大汗
這時，天上飛下來一架直昇機
螺旋槳把所有考卷都打成了紙漿
然後我到河裡划船
船越划越快，我控制不了
它竟衝入一堆唉唉叫的人潮裡
之後，我去參觀太空展
太空船把我關起來，我渾身解數
勇敢地，從月亮中跳回地球

但我還是被壞人追到懸崖
趕快張開翅膀，飛出去
還好，一飛，飛進了媽媽的懷抱裡

此詩寫的是一些奇怪的夢：
把考卷打成紙漿、
划船控制不了、
被太空船鎖在裡頭、
被壞人追到懸崖。
詩中的「我」非常富有冒險精神呢，
不過倒都是有驚無險。

一隻小舟

乾旱的季節
小舟懶懶的
坐在河床上
到處是鵝卵石

婦人打開棉被
披在小舟身上
老人放鬆老骨頭
靠在小舟肚子旁

颱風來了
季節翻了臉
山洪閉著眼睛
瘋狂地排山倒海

小舟悠悠然滑下水了
河用清涼的小調唱著：
它是舟
它是一隻舟

乾枯的季節，小舟無所事事，
河水漲起來後，才能發揮它的功能，
許多事物也是如此，
時候到了自然有它的用處，
強求無用，不如順其自然。
本詩寫的就是這種感覺。

流浪狗

早晨，爸爸發動車子
車底下鑽出一條狗
搖搖晃晃，有點兒高貴模樣

車子開到巷口，回頭找牠
垃圾桶旁
牠舔著流到桶外的殘湯

放學帶一身陽光回家
牠坐路旁，搔著光光的肚皮
我想像著牠從前的漂亮

黃昏時，過街買東西
牠徬徨於路中央
躲著滾過來滾過去的車輪
從商店出來
牠竟站在捕狗車的籠子中
四腿發抖，嗚嗚嗚地低鳴……
唉，是從誰的懷抱裡
放走的小寵兒啊

很多人養寵物都是始亂終棄。
耐心不夠了，就將寵物丟棄；
詩中控訴的就是這種行為，
此詩是帶著同情流浪狗的眼光
來描述它的遭遇。

□□在哪裡

美（ㄇㄟˇ）麗（ㄌㄧˋ）而凶（ㄒㄩㄥ）暴（ㄅㄠˋ）的
在哪（ㄋㄚˇ）裡（ㄌㄧˇ）

在（ㄗㄞˋ）紀（ㄐㄧˋ）錄（ㄌㄨˋ）片（ㄆㄧㄢˋ）的螢（ㄧㄥˊ）光（ㄍㄨㄤ）幕（ㄇㄨˋ）上（ㄕㄤˋ）
在（ㄗㄞˋ）快（ㄎㄨㄞˋ）樂（ㄌㄜˋ）的卡（ㄎㄚˇ）通（ㄊㄨㄥ）裡（ㄌㄧˇ）
在（ㄗㄞˋ）寂（ㄐㄧˋ）寞（ㄇㄛˋ）的標（ㄅㄧㄠ）本（ㄅㄣˇ）室（ㄕˋ）內（ㄋㄟˋ）
在（ㄗㄞˋ）彩（ㄘㄞˇ）色（ㄙㄜˋ）的圖（ㄊㄨˊ）畫（ㄏㄨㄚˋ）上（ㄕㄤˋ）

好（ㄏㄠˇ）幾（ㄐㄧˇ）億（ㄧˋ）歲（ㄙㄨㄟˋ）
蒼（ㄘㄤ）老（ㄌㄠˇ）的地（ㄉㄧˋ）球（ㄑㄧㄡˊ）啊（ㄚ）
讓（ㄖㄤˋ）我（ㄨㄛˇ）偷（ㄊㄡ）偷（ㄊㄡ）告（ㄍㄠˋ）訴（ㄙㄨˋ）你（ㄋㄧˇ）
美（ㄇㄟˇ）麗（ㄌㄧˋ）而凶（ㄒㄩㄥ）暴（ㄅㄠˋ）的□□

像（ㄒㄧㄤˋ）清（ㄑㄧㄥ）澈（ㄔㄜˋ）的河（ㄏㄜˊ）流（ㄌㄧㄡˊ）
乾（ㄍㄢ）淨（ㄐㄧㄥˋ）的草（ㄘㄠˇ）原（ㄩㄢˊ）

都躲在我深深
又深深的夢境裡

你可在□□中任意代入
雲豹、狗熊、老鷹……
以及其他即將絕種的動物名字，
表示有很多動物像
「清澈河流」「乾淨草原」的消失一樣快，
希望引起大家對地球的關愛。

寫詩的人

白靈

白靈，是一個有娃娃臉的叔叔，從小就喜歡看布袋戲、漫畫，還喜歡用鞭炮裡面的黑粉末自製小火箭，有一次還把「火箭」射到糖果店內去，差點把人家的店給燒了。

長大後，他果然跑去唸化學工程，唸到碩士，也曾經真的跑去研究飛彈的火藥呢！但他最喜歡的還是寫文章和畫畫，他現在當副教授就是一面教化學工程，一面寫詩、當詩刊的主編。

他出版了三本詩集，一本散文集，兩本評論集。他得過許多的大獎，包括國家文藝獎在內。不過，他還是勸小朋友，要早點知道自己的興趣在哪兒，才不會像他，在理工和文學兩邊跑來跑去，跑得腿都快斷了。